Les copains du CP

Tu es dans la lune, Roméo !

Des romans à lire à deux, pour les premiers pas en lecture !

La collection Premières Lectures accompagne les enfants qui apprennent à lire. Chaque roman peut être lu à deux voix : l'enfant lit les bulles et un lecteur confirmé lit le reste de l'histoire.

Cette collection a trois niveaux :

JE DÉCHIFFRE les bulles peuvent être lues par l'enfant qui débute en lecture.

JE COMMENCE À LIRE les bulles peuvent être lues par l'enfant qui sait lire les mots simples.

JE LIS COMME UN GRAND les bulles peuvent être lues par l'enfant qui sait lire tous les mots.

Quand l'enfant sait lire seul, il peut lire les romans en entier, comme un grand !

Un concept original **+** des histoires simples **+** des sujets qui passionnent les enfants **+** des illustrations :
des romans parfaits pour débuter en lecture avec plaisir !

Cette histoire a été testée par Francine Euli, enseignante, et des enfants de CP.

Loi n° 49-956 du 16 juillet 1949 sur les publications destinées à la jeunesse,
modifiée par la loi n° 2011-525 du 17 mai 2011.
ISBN : 978-2-09-255642-9

JE DÉCHIFFRE

Tu es dans la lune, Roméo !

Texte de Mymi Doinet
Illustré par Nathalie Choux

Nathan

Ce matin, les CP sont venus à l'école Plume-Poil-Patte avec leurs plus beaux habits. Picota, la poule, porte un pull neuf. Caramel, le singe, a mis sa casquette à carreaux. Même Gaston et Lardon, les frères cochons, ont fait un effort.

Pourquoi les CP sont-ils si bien habillés ?

C'est pour la photo de classe !

Madame la Cane félicite ses élèves :

Roméo, le renardeau, est fier de sa salopette. Mais quelle tête en l'air : il a enfilé une chaussette jaune et une chaussette rouge !

Monsieur Mouton, le photographe, installe son appareil dans la cour. Les CP filent à sa rencontre :

Roméo, lui, se prend les pattes
dans les pieds de l'appareil.
Ouf! Rien de cassé.

Madame la Cane surveille d'un œil le renardeau, puis place les CP : les plus petits devant, et les grands derrière.

Elle demande ensuite le silence :

Tout le monde est prêt pour la photo ?
Oui, mais au moment où monsieur Mouton appuie sur le bouton, le vent se met à souffler.

La casquette de Caramel s'envole.
Roméo saute pour la rattraper.
Trop tard ! Elle se pose sur la cheminée de l'école. Le singe et le renardeau ont bougé. Zut ! La photo est floue.

Vite, on va la recommencer.
Oui, mais au moment où monsieur Mouton appuie sur le bouton, Roméo s'en va encore une fois !

Non ! Roméo file chercher Bubulle, le poisson rouge. Il doit être sur la photo lui aussi. En revenant, flop ! le renardeau éclabousse les CP. Les voilà trempés, il va falloir qu'ils sèchent !

Monsieur Mouton n'est pas content.

Il est déjà l'heure d'aller à la cantine !

On prendra la photo cet après-midi.

Mais au moment du dessert,
Roméo glisse sur une frite,
et patatras ! il tombe sur le gâteau
au chocolat. Picota soupire
sous sa crête :

Caramel répète
en tenant son assiette :

Le renardeau pleure :

Le voici tout sali pour la photo

de cet après-midi.

Madame la Cane prête à Roméo une salopette propre qui sent bon la lavande. Aussitôt, le renardeau l'attache de travers.

Les petits cochons jumeaux
rigolent :

Soudain, le ciel devient gris.
Pas question d'être encore mouillés !
Monsieur Mouton installe tout le monde dans la classe.

Oui, mais au moment où il appuie sur le bouton, la maîtresse éternue. Au lieu de lui donner un mouchoir, Roméo lui tend l'éponge du tableau.

Le soleil brille de nouveau. Les CP courent reprendre leur place dehors, et bing ! Roméo se cogne contre l'arbre. Ses copains s'inquiètent :

Roméo n’a pas mal. Mais en heurtant le tronc, il a perdu une dent. Alors, au moment où monsieur Mouton appuie sur le bouton, le renardeau ne sourit pas.

Pfff! La photo est encore nulle.
Monsieur Mouton n'en peut plus.
En colère, il range son appareil
et s'en va.

Les CP sont tristes. Ils n'auront pas de photo de classe cette année.

Mais, ouf, sauvés ! La maîtresse a un appareil photo. Elle appuie sur le bouton, clic, clac ! Cette fois-ci, même le renardeau sourit avec ses dents du bonheur.

Youpi ! La photo est enfin réussie.

Roméo, l'étourdi, applaudit :

Bravo ! Tu as lu un livre en entier !
Tu as aimé cette histoire ?
Retrouve les Copains du CP dans d'autres aventures !

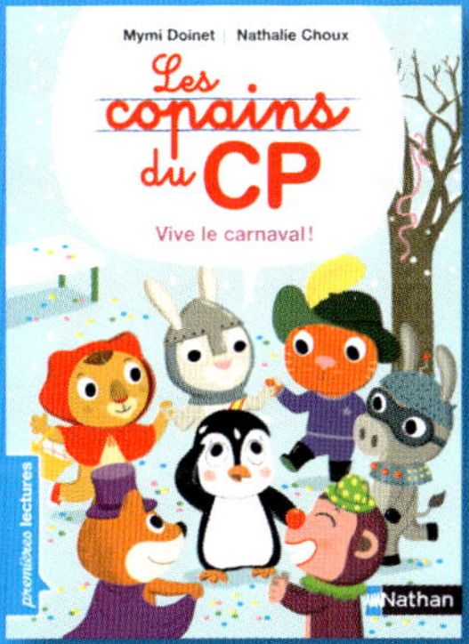

N° éditeur : 10233273 – Dépôt légal : juin 2015
Achevé d'imprimer en février 2017 par Pollina
(85400 Luçon, Vendée, France) - L79673A

IMPRIM'VERT

FSC www.fsc.org
MIXTE
Papier issu de sources responsables
FSC® C022030